Écrivains | numéro **11**

AF399737

ALBERT CAMUS
DE L'ABSURDE À LA RÉVOLTE

— L'itinéraire d'un écrivain
marqué par la guerre et l'injustice

par Eve Tiberghien

50MINUTES

Avec la collaboration de Gauthier De Wulf

50MINUTES

CULTIVEZ-VOUS
SANS MODÉRATION !

William **Shakespeare**

Le **romantisme**

Gustav **Klimt**

Eugène **Delacroix**

Victor **Hugo**

www.50minutes.com

ALBERT CAMUS

- **Naissance ?** Né le 7 novembre 1913 à Mondovi, actuellement Dréan (Algérie).
- **Mort ?** Décédé le 4 janvier 1960 à Villeblevin (France).
- **Contexte ?** La vie d'Albert Camus s'inscrit dans un douloureux contexte de guerres : il naît à la veille du premier conflit mondial, connaît ses premiers succès littéraires pendant la guerre de 1940-1945, et les dernières années de sa vie sont marquées par la guerre d'indépendance de sa terre natale, l'Algérie. Sur le plan littéraire, il se rattache au courant existentialiste et développe l'écriture de l'absurde.
- **Œuvres majeures ?**
  - *Le Mythe de Sisyphe* (1942)
  - *L'Étranger* (1942)
  - *Caligula* (1945)
  - *La Peste* (1947)
  - *Les Justes* (1949)
  - *La Chute* (1956)

Albert Camus, lauréat du prix Nobel de littérature en 1957, est l'un des écrivains français majeurs du XXe siècle. Également journaliste, philosophe et metteur en scène de théâtre, il est l'auteur d'essais, de romans, de nouvelles et de pièces dans lesquels il développe sa célèbre philosophie de l'absurde.

Issu d'un milieu pauvre et populaire, né en Algérie française d'une mère analphabète et orphelin de père avant l'âge d'un an, Albert Camus ne semblait pas destiné à une brillante carrière intellectuelle. Pourtant, grâce à des enseignants qui décèlent en lui des aptitudes littéraires peu communes, il accède aux études supérieures et commence à écrire. Ses premières œuvres, *L'Envers et l'Endroit* et *Noces,* sont respectivement publiées en 1937 et en 1938, mais c'est avec *La Peste*, en 1947, qu'il devient célèbre et obtient la reconnaissance critique.

D'abord associé au courant existentialiste, dont Jean-Paul Sartre (1905-1980) est la figure de proue, il se brouille cependant avec les écrivains du groupe à cause de sa critique de la politique totalitaire de l'URSS. Homme engagé dans les combats de son temps, Camus écrit dans les journaux de la Résistance pendant la Seconde Guerre mondiale, dénonce le franquisme et le stalinisme, s'oppose à l'indépendance de l'Algérie, s'insurge contre l'usage de la bombe atomique à Hiroshima et, entre autres, lutte en faveur de l'abolition de la peine de mort. Mais son combat contre toutes les formes d'injustices prend tragiquement fin en 1960 lorsqu'il décède dans un accident de la route, âgé de seulement 46 ans.

CONTEXTE

UN SIÈCLE DE GUERRES

De la Belle Époque à la Grande Guerre

Au début du XXe siècle, l'Europe est à son apogée. C'est la fin de la Belle Époque, une période marquée par le progrès dans tous les domaines : découvertes scientifiques et technologiques, croissance économique ou encore avancées sociales. Cependant, une menace latente pèse sur le Vieux Continent et des rivalités se font jour. L'entreprise colonialiste, qui n'a pas bénéficié à tous les pays européens de la même façon, a engendré des tensions et des jalousies. Les nationalismes sont exacerbés et, dans de telles circonstances, un incident a priori mineur suffit à mettre le feu aux poudres...

Le 28 juin 1914, l'héritier de l'Empire austro-hongrois, François-Ferdinand (1863-1914), est assassiné à Sarajevo, en Bosnie, par un jeune Serbe. L'Autriche-Hongrie déclare alors la guerre à la Serbie et, rapidement, les différentes puissances européennes se répartissent en deux camps : on trouve d'un côté l'Empire allemand et l'Empire austro-hongrois, de l'autre la France, le Royaume-Uni et la Russie. La Grande Guerre commence. Elle durera quatre ans et aura des répercussions mondiales.

Des Années folles à la terreur dictatoriale

Après le conflit, en 1918, le traité de Versailles, entre autres, modifie la carte de l'Europe : l'Allemagne est dépossédée d'une grande partie de son territoire au profit des vainqueurs, l'Empire austro-hongrois est dissous et de nouveaux États sont créés (la Pologne, la Finlande, l'Estonie, l'Autriche, la Hongrie, la Tchécoslovaquie, etc.).

Dans les années vingt, l'Europe se relève peu à peu de ses cendres. En France, ce sont les Années folles : le peuple, épuisé par la guerre, entend bien profiter de la vie. Mais l'euphorie ne dure qu'un temps. En 1929, le krach boursier de Wall Street entraîne une crise économique mondiale qui provoque à nouveau une montée des nationalismes. En Italie, où le fascisme s'est installé depuis le début des années vingt, une politique d'autarcie est mise en place. En Russie, Joseph Staline (1879-1953) détient les pleins pouvoirs et instaure un climat de terreur. Dans l'Allemagne encore humiliée par la défaite de la Première Guerre mondiale, Adolf Hitler (1889-1945) grimpe les échelons du pouvoir et impose l'idéologie nazie. Enfin, en Espagne, une guerre civile éclate, opposant les nationalistes et les républicains, et aboutit à la dictature de Franco (1892-1975) en 1939.

De la Seconde Guerre mondiale à la décolonisation

Le 1er septembre 1939, l'Allemagne envahit la Pologne : il s'agit du début de la Seconde Guerre mondiale. Rapidement, la plupart des autres puissances européennes, puis les États-Unis, entrent dans le conflit. En plus de faire de nombreuses victimes civiles et militaires, cette guerre voit s'organiser le crime de masse, dans les camps de concentration et de travail nazis. Près de six millions de Juifs y meurent (soit les trois cinquièmes de la population juive d'Europe de l'époque), ainsi que de nombreux Tziganes, opposants politiques et autres membres des minorités. La France est libérée par les Alliés en 1944 et la guerre s'achève en 1945.

Dans la foulée, deux grandes puissances émergent sur la scène inter-nationale : les États-Unis et l'URSS. Un rideau de fer divise l'Europe entre le régime communiste de l'URSS et de certains de ses voisins, et les pays non communistes. Une guerre froide, c'est-à-dire une période de tensions sans conflit militaire direct, commence entre les États-Unis et l'URSS. Elle durera jusqu'en 1989, année qui voit la chute du communisme partout en Europe.

Mais la période de l'après-guerre est également marquée par la décolonisation. De nombreux pays d'Asie et d'Afrique cherchent à s'affranchir des puissances européennes dont ils dépendent. Dans certaines colonies françaises, on assiste à des conflits particulièrement meurtriers : la guerre d'Indochine, de 1946 à 1954, et, juste après, la guerre d'Algérie, de 1954 à 1962, qui mènent toutes deux à l'indépendance des anciennes colonies.

DU SURRÉALISME À L'EXISTENTIALISME

Dans le domaine culturel, la première moitié du XXe siècle est marquée par l'émergence du mouvement surréaliste. Touchant tous les arts, ce dernier est l'héritier du courant nihiliste Dada, fondé en 1916 par Tristan Tzara (1896-1963) en réaction à l'horreur de la guerre et qui entend condamner la société ayant mené à pareil massacre. Le surréalisme apparaît quant à lui peu après la fin du conflit, au sein d'un cercle de poètes formé au départ par André Breton (1896-1966), le théoricien du mouvement, Philippe Soupault (1897-1990) et Louis Aragon (1897-1982). Influencés par les théories psychanalytiques de Sigmund Freud (1856-1939), les écrivains surréalistes explorent l'imagination et libèrent l'inconscient. Mais non contents de révolutionner l'art, ils entendent également transformer le monde. Se révoltant contre les valeurs bourgeoises, le surréalisme entretient des liens étroits avec la politique, et de nombreux représentants du mouvement adhèrent au communisme, qui leur semble être la meilleure option pour aller vers une amélioration de la condition humaine. Toutefois, des dissensions éclatent au sein du groupe au sujet de son lien avec le communisme, et l'année 1947 le voit sur son déclin.

Au même moment, un autre courant voit le jour, exclusivement philosophique et littéraire, dont les représentants majeurs sont Albert Camus et Jean-Paul Sartre : il s'agit de l'existentialisme. Né au sortir de la Seconde Guerre mondiale, il est déjà en germes dès les années trente, où on voit apparaître une littérature marquée par une interrogation sur la condition humaine et le sens de l'existence, à une période caractérisée par la montée des extrémismes, la crise économique et les problèmes sociopolitiques. L'existentialisme apparaît comme une réponse au sentiment d'angoisse des hommes face à l'absurdité de la vie. C'est Jean-Paul Sartre (1905-1980), le premier, qui le théorise, dans son essai *L'Être et le Néant*, publié en 1943. Comme l'écrivain l'exprime dans une formule restée célèbre, « l'existence précède l'essence ». Ainsi, l'homme n'a pas une destinée à accomplir qui soit écrite d'avance ; il « est » simplement, ce qui signifie qu'il est libre de ses choix et de ses actes, entièrement responsable de son existence, qui semble par ailleurs ne pas avoir de but. En effet, Dieu n'existe pas et la vie humaine n'est qu'un chaos dénué de sens. Cependant, pour Sartre, cette constatation du non-sens de l'existence, bien qu'elle soit douloureuse, est essentielle. Elle doit amener l'homme à utiliser sa liberté le mieux possible, c'est-à-dire à s'engager sur les plans moral, social et politique. Dès lors, existentialisme rime lui aussi avec engagement politique, tout comme le surréalisme avant lui.

BIOGRAPHIE

UNE ENFANCE PAUVRE

Albert Camus naît le 7 novembre 1913 à Mondovi, en Algérie, qui est alors une colonie française. Son père meurt au combat dès le début de la Première Guerre mondiale, lors de la bataille de la Marne, en septembre 1914, laissant sa femme seule avec ses deux enfants. Celle-ci, analphabète et à moitié sourde, retourne vivre chez sa mère à Alger où elle travaille comme femme de ménage pour subvenir aux besoins de sa famille. C'est la grand-mère d'Albert Camus, une femme autoritaire et dominatrice, qui prend en charge l'éducation de ses petits-fils. L'enfance du futur écrivain est faite de bonheurs simples : jeux avec ses camarades dans les quartiers pauvres d'Alger et chasse avec son oncle maternel, un ouvrier sourd-muet.

À l'école, ses talents sont remarqués alors qu'il n'a que dix ans, par son instituteur, Louis Germain, qui incite la famille du jeune garçon à lui permettre de poursuivre sa scolarité. Camus entre alors au lycée Bugeaud, à Alger. Mais, à la fin de l'année 1930, il se découvre atteint de la tuberculose. À une époque où on ne connaît encore aucun traitement fiable pour guérir cette maladie, il prend conscience de la fragilité de l'existence. Il est envoyé en convalescence chez son oncle Gustave Acault, un boucher féru de littérature qui lui donne le goût des livres. De retour au lycée, Camus fait la connaissance de Jean Grenier, un jeune professeur de philosophie, qui remarque à son tour les dons de son élève. C'est grâce à cet enseignant qu'il publie ses premiers textes, dans la revue *Sud*, en 1932, année à laquelle il obtient son baccalauréat.

LES DÉBUTS LITTÉRAIRES

En 1934, Camus épouse Simone Hié, une jeune toxicomane dont il est tombé amoureux. Son oncle ne l'acceptant plus chez lui, le jeune homme exerce différents métiers pour subsister. Parallèlement, il suit des cours de philosophie à l'université, écrit et fréquente un groupe de jeunes intellectuels d'Alger, parmi lesquels Max-Pol Fouchet (1913-1980) et l'éditeur Edmond Charlot (1915-2004).

En 1935, à l'époque où il rédige *L'Envers et l'Endroit*, il adhère au Parti communiste algérien et fonde le Théâtre du travail pour lequel il adapte, entre autres, *Le Temps du mépris* (1935) d'André Malraux (1901-1976) et écrit *Révolte dans les Asturies* (1935). L'année suivante, il obtient son diplôme grâce à un mémoire intitulé *Métaphysique chrétienne et néoplatonisme*, et se sépare de Simone Hié.

En 1937, il rompt également avec le Parti communiste, ce qui met fin à l'aventure du Théâtre du travail. C'est également cette année-là qu'il publie *L'Envers et l'Endroit*, une série d'essais sur le quartier algérois où il a vécu, et qu'il écrit les premières ébauches du roman *L'Étranger* (1942) et de la pièce *Caligula* (1945). Peu après, il rencontre Pascal Pia (1903-1979), directeur du journal *Alger républicain*, qui l'engage comme journaliste. En 1939, Camus publie *Misère de la Kabylie*, un reportage dans lequel il dénonce les conditions de vie des Algériens, parallèlement à un recueil d'essais, *Noces*.

ENTRE TOURMENTE ET SUCCÈS

En 1940, peu après la déclaration de guerre de la France à l'Allemagne, l'*Alger républicain* est interdit. Camus déménage alors à Lyon pour être journaliste à *Paris-Soir*. Il y épouse Francine Faure. L'année suivante, il achève la rédaction de son cycle de l'absurde qui se compose du *Malentendu*, de *L'Étranger* et du *Mythe de Sisyphe*. Ces deux derniers ouvrages sont publiés un an plus tard, en 1942, alors que Camus s'est réfugié à Chambon-sur-Lignon, en zone jusque-là restée libre. Malheureusement, les armées allemandes finissent par s'y installer et l'écrivain est contraint de rester séparé de son épouse, qui se trouve à Oran. Il emploie dès lors son temps à la rédaction de *La Peste* et fréquente les milieux littéraires de la région. Il y rencontre Jean-Paul Sartre et sa compagne l'écrivaine Simone de Beauvoir (1908-1986), avec qui il se lie d'amitié, ainsi que d'autres écrivains célèbres de l'époque. Parallèlement, il participe à la Résistance en écrivant pour le journal clandestin *Combat*.

L'année 1944 voit la publication de *Caligula* et du *Malentendu*. Lorsque ce dernier texte est mis en scène au théâtre, l'écrivain noue une relation avec l'une des interprètes de la pièce, Maria Casarès (1922-1996). Mais il retrouve son épouse peu après, avec qui il a des jumeaux en septembre 1945, Catherine et Jean. Cette même année, il est l'une des rares personnalités occidentales à condamner l'utilisation de la bombe atomique à Hiroshima.

Si *Caligula* offre à Camus son premier triomphe au théâtre, c'est en 1947 que l'auteur connaît la consécration littéraire, avec l'énorme succès en librairie de *La Peste*.

LA NOSTALGIE DE L'ALGÉRIE

Bien que Camus soit un écrivain reconnu à partir de la fin des années quarante, il n'est pas pour autant un homme parfaitement heureux. Il garde en effet en lui la nostalgie de l'Algérie, dont il regrette les paysages et la chaleur dans des textes aux accents mélancoliques publiés dans des recueils d'essais et de nouvelles : *L'Été*, en 1954, et *L'Exil et le Royaume*, en 1957.

En 1951, il publie également *L'Homme révolté*, un essai qui lui vaut de se brouiller avec Sartre, car il y remet en cause la révolution marxiste. Vivement critiqué par les philosophes de l'époque, Camus est, de plus, frappé de plein fouet par les troubles qui marquent le début de la guerre d'Algérie en 1954. Il fait entendre sa voix dans ce contexte douloureux, pour appeler à une résolution pacifique du conflit. Cependant, le projet de trêve civile dont il rêvait échoue et il renonce à continuer son combat. À la place, il s'engage dans la rédaction de *La Chute*, un texte publié en 1956 qui révèle une vision très sombre de l'humanité. L'année suivante, il se voit attribuer le prix Nobel de littérature, qu'il dédie à son instituteur Louis Germain. Cette attribution est critiquée dans les milieux intellectuels de l'époque, de droite comme de gauche, ce qui blesse l'écrivain. En 1960, alors qu'il rentre avec son ami Michel Gallimard de Lourmarin, où il a acheté une petite propriété, ils trouvent tous deux la mort dans un tragique accident de voiture.

Le saviez-vous ?

En 2009, le président français Nicolas Sarkozy (né en 1955) a souhaité transférer les cendres d'Albert Camus au Panthéon. Mais le fils de l'écrivain, Jean Camus, a refusé, craignant une récupération politique de l'événement. Sa fille, Catherine, ne s'était quant à elle pas prononcée.

CARACTÉRISTIQUES

UN THÈME OBSÉDANT : L'ABSURDE

Dans les textes d'Albert Camus, les idées occupent toujours une place centrale, les coquetteries de style étant reléguées au second plan. Sa langue assez neutre, dont *L'Étranger* représente le parangon, a d'ailleurs inspiré au critique littéraire et sémiologue Roland Barthes (1915-1980) l'expression-titre de son célèbre ouvrage *Le Degré zéro de l'écriture* (1953). En effet, le style de Camus, même s'il est émaillé çà et là de notes poétiques, est de manière générale assez sec, impersonnel et monotone :

> « Quand nous nous sommes rhabillés, elle a eu l'air très surprise de me voir avec une cravate noire et elle m'a demandé si j'étais en deuil. Je lui ai dit que maman était morte. Comme elle voulait savoir depuis quand, j'ai répondu : "Depuis hier." Elle a eu un petit recul, mais n'a fait aucune remarque. » (CAMUS (Albert), *L'Étranger*, Paris, Gallimard, 1971, p. 35)

Toutefois, cette esthétique prend tout son sens lorsque l'on se penche sur le propos de ses écrits. Toutes les œuvres d'Albert Camus, qu'elles soient théâtrales, romanesques ou philosophiques, évoquent en effet la notion d'absurde, que l'auteur définit en 1942 dans *Le Mythe de Sisyphe*.

Selon lui, l'absurde naît de la prise de conscience que la destinée humaine s'inscrit dans le temps et que, depuis sa naissance, l'homme avance irrémédiablement vers sa mort. Le fait qu'il soit né pour mourir rend inévitablement sa condition absurde. Elle l'est d'autant plus qu'il est, de façon innée, un être en quête de sens et qu'il se heurte perpétuellement à l'irrationalité du monde. Pour l'écrivain, il n'y a pas lieu d'envisager l'idée d'une vérité supérieure qui donnerait un sens à l'existence : il n'y a que cette vie-ci et rien de plus. Enfin, même les actions humaines sont vaines. Les hommes répètent, jour après jour, les mêmes gestes, sans but. Leur vie entière n'est qu'une suite d'habitudes qui les mène à la mort.

Dès lors, des questions surgissent : pourquoi dépenser son énergie et accepter les souffrances qu'engendre l'existence si nous sommes quand même destinés à mourir ? À travers son œuvre, et plus particulièrement dans *Le Mythe de Sisyphe*, *L'Étranger*, *Caligula*, *Le Malentendu* et *La Peste*, Camus aborde sans cesse ces problématiques. En cela, ses textes s'inscrivent pleinement dans la littérature des années trente et quarante.

L'HUMANISME ET LA RÉVOLTE COMME RÉPONSES À L'ABSURDE

Loin de suggérer aux hommes de se résigner à subir leur condition, Albert Camus leur recommande d'être lucides, c'est-à-dire de reconnaître l'absurdité de leur existence. Pour lui, la meilleure réponse à l'absurde réside dans sa prise de conscience et son acceptation. Sa philosophie se refuse à adopter les deux autres solutions que, par facilité, l'homme pourrait opposer à l'absurde : le suicide – un motif longuement développé dans *Le Mythe de Sisyphe* et qui se trouve encore au centre de *La Chute* –, comme réponse au non-sens de la vie, et la religion, comme tentative de lui en donner un. Selon Albert Camus, il faut être un homme absurde. Cela implique de vivre intensément en se laissant guider par la passion, de lutter pour conserver sa liberté et d'affronter l'irrationalité de la condition humaine en se révoltant.

Ainsi, l'écrivain invite tout d'abord l'homme à accumuler les expériences et à les vivre pleinement, avec ferveur. Cependant, cette nécessité d'expérimenter le plus de choses possible ne légitime pas toutes les actions. De fait, une limite doit s'imposer à tous les agissements : l'humanisme. Celui-ci repose sur la reconnaissance d'une valeur inviolable, celle de la nature humaine. Camus incite en effets ses semblables à lutter pour un monde plus juste, à s'engager pour parvenir à une société plus égalitaire, où les droits de tous les hommes seraient respectés. Il met particulièrement en évidence cet humanisme dans *La Peste*, *L'État de siège* (1948), *Les Justes* et *L'Homme révolté*, et s'implique personnellement, tout au long de sa vie, dans de nombreux combats en faveur de la justice. En invitant les hommes à adopter cette valeur comme guide pour toutes leurs actions, il écarte le crime et la soustraction au devoir.

Quant à la liberté qu'il cherche tant à garder, Albert Camus la définit comme un refus de se laisser enchaîner par la routine et les préjugés. Enfin, la révolte qu'il prône naît d'une perpétuelle remise en question de l'individu face à la vanité de son existence, grâce à laquelle celui-ci est amené à aller au bout de ses capacités et à se dépasser.

L'ÉTRANGER

Dès 1937, Albert Camus prend note de ce qui constituera la trame de *L'Étranger*. À cette époque, il est occupé à la rédaction de son premier roman, *La Mort heureuse*, semblable à *L'Étranger* par ses thèmes, dont il abandonne finalement l'écriture pour se consacrer à cette nouvelle œuvre qui sera publiée en 1942.

Le récit s'ouvre sur la mort de la mère de Meursault, le protagoniste. Celui-ci assiste aux funérailles sans montrer le moindre signe de tristesse. Ensuite, il accepte de témoigner auprès de la police en faveur de son voisin, Raymond Sintès, qui a battu sa maîtresse. Sintès invite alors Meursault et son amie, Marie, à passer une journée à la mer. Ce jour-là, Sintès et l'une de ses connaissances se battent avec deux Arabes sur la plage. Peu après, alors qu'il fait une chaleur écrasante, Meursault croise l'un des deux hommes et celui-ci, se sentant menacé, sort un couteau. Meursault tire alors plusieurs coups de revolver et tue l'Arabe. Il est arrêté et, suite à son procès, condamné à mort.

Tout comme l'essai *Le Mythe de Sisyphe* et la pièce *Caligula*, *L'Étranger* appartient à ce que Camus appelle le cycle de l'absurde. Ces trois œuvres lui permettent en effet de développer et d'illustrer sa philosophie de l'absurde. En outre, *L'Étranger* peut être rapproché de *La Nausée* (1938) de Jean-Paul Sartre. Les deux romans établissent le constat du non-séns de la vie tout en refusant un quelconque refuge dans la religion. Cependant, ils se distinguent par la description du monde qui entoure les personnages. Si les héros de Sartre évoluent dans un univers gris, sale et laid, Meursault vit au contraire dans de beaux paysages baignés de soleil.

Aussi, dans *L'Étranger*, outre le motif de l'absurde de la vie humaine, les thèmes liés à la sensualité sont-ils omniprésents, ce qui crée un paradoxe entre l'écriture assez sèche du roman et cette brûlante évocation des sens. Ainsi, Meursault prend ses décisions en fonction des plaisirs sensuels qu'il éprouve. Il n'aime pas sa compagne, Marie, mais il reste avec elle, car cela lui fait du bien de sentir son corps contre le sien. C'est d'ailleurs sans doute pour cette raison qu'il accepte de se marier avec elle. De la même façon, il apprécie beaucoup la sensation du soleil sur sa peau, l'odeur des embruns ou encore la vue de la mer et des paysages chaleureux de l'Algérie. S'il tue un homme, c'est peut-être justement parce qu'à cet instant fatal, il ne sent pas cette harmonie avec la nature qu'il aime tant. Il a trop chaud, le soleil le gêne, lui brûle les joues, l'aveugle. L'hostilité de son environnement le conduit alors au pire ; c'est lui qui devient agressif envers le monde extérieur le temps d'un geste qui va tout changer.

UNE ŒUVRE-CULTE !

En 1967, le réalisateur italien Luchino Visconti (1906-1976) adapte *L'Étranger* au cinéma avec, dans le rôle principal, Marcello Mastroianni (1924-1996). Le roman est également adapté en bandes dessinées, en 2012 par José Muñoz et en 2013 par Jacques Ferrandez. De plus, c'est l'un des livres les plus étudiés dans les lycées français.

LE MYTHE DE SISYPHE

Albert Camus rédige *Le Mythe de Sisyphe* entre 1938 et 1941, dans le même contexte troublé que celui dans lequel il compose *L'Étranger*. Le texte, publiée la même année que *L'Étranger* et qui s'inscrit également dans son cycle de l'absurde, doit venir donner un éclairage philosophique à l'histoire de Meursault et, plus généralement, exposer la vision de l'auteur sur la condition humaine. Pour cela, celui-ci se base sur la pensée de divers écrivains, sur les œuvres romanesques de Fedor Dostoïevski (1821-1881) et de Franz Kafka (1883-1924), sur le mythe de Don Juan et, plus encore, sur le mythe grec de Sisyphe.

Camus relate en effet l'histoire de Sisyphe qui, parce qu'il a défié les dieux, est condamné à pousser éternellement jusqu'au sommet d'une colline une lourde pierre qui redescend à chaque fois juste avant qu'il n'arrive en haut. L'écrivain interprète ce mythe comme le reflet de la vie humaine, perçue comme une absurde succession de gestes habituels, répétés jour après jour, sans but. Cependant, il invite ses lecteurs à imaginer Sisyphe heureux, car le héros mythique, à force de répéter sans cesse les mêmes gestes, prend conscience de l'absurdité de sa tâche et, en même temps, du prix de son existence. Dès lors, il apprend à aimer son labeur et à y trouver un intérêt. Camus propose donc aux hommes de chercher leur bonheur dans l'absurdité de leur quotidien, à l'instar de Sisyphe :

> « Sisyphe enseigne la fidélité supérieure qui nie les dieux et soulève les rochers. Lui aussi juge que tout est bien. Cet univers désormais sans maître ne lui paraît ni stérile ni futile. Chacun des grains de cette pierre, chaque éclat minéral de cette montagne pleine de nuit, à lui seul, forme un monde. La lutte elle-même vers les sommets suffit à remplir un cœur d'homme. Il faut imaginer Sisyphe heureux. » (CAMUS (Albert), *Le Mythe de Sisyphe*, Paris, Gallimard, 1990, p. 127)

Pour Camus, Don Juan, comme Sisyphe, incarne l'absurde en ce qu'il recherche incessamment la même passion éphémère du premier émoi amoureux, en collectionnant les femmes. En revanche, les suicidaires veulent fuir l'absurde de leur condition par la mort, au lieu de le vivre.

LA PESTE

Albert Camus, qui aurait déjà eu l'idée de ce roman entre 1937 et 1939, en écrit une première version dès 1942 avant de rédiger une seconde version, celle que l'on connaît, dans les années suivantes. Celle-ci est publiée en 1947.

Dans les années quarante, en pleine guerre d'Algérie, une épidémie de peste se répand à Oran, faisant de nombreuses victimes. Le docteur Rieux en est témoin. Devant l'ampleur de la catastrophe, Tarrou, qui est étranger à la ville et tient une chronique des événements, assiste le médecin. Plus tard, le journaliste Rambert s'associe à eux. Chaque personnage réagit différemment face au fléau. Tandis que le docteur Rieux tente d'aider les habitants, Cottard, de son côté, profite de l'épidémie pour s'enrichir grâce au trafic. Quant au jésuite Paneloux, il interprète la peste comme un châtiment divin. Quelques mois après le début de l'histoire, le vaccin découvert par Castel fait son effet. Malgré tout, Tarrou, qui a été contaminé, meurt, de même que Paneloux. Cottard, quant à lui, devient dément. Rieux, dont la femme est décédée, se retrouve alors seul.

La Peste appartient au cycle de la révolte, qui comprend également la pièce *Les Justes* et l'essai *L'Homme révolté*. Tout comme le cycle de l'absurde lui a permis de développer sa pensée sur l'absurde, celui-ci lui permet d'exposer sa réponse à l'absurde. Ce premier opus du cycle de la révolte, qui fut le plus gros succès de Camus et lui valut en grande partie le prix Nobel de littérature en 1957, est écrit en pleine Seconde Guerre mondiale, ce qui explique que l'on décèle, à travers l'histoire de l'épidémie, la métaphore d'une guerre. Même si Camus évoque les réelles épidémies de peste ayant décimé Alger et Oran en 1944 et en 1945, les allusions au nazisme (assimilé à la maladie contagieuse), à la Résistance (incarnée par les personnages de Rieux, Tarrou et Rambert) et au marché noir (évoqué à travers le personnage de Cottard, le type même de l'opportuniste) sont en effet évidentes.

Mais ce roman se distingue également par l'effacement du narrateur. L'identité de ce dernier est masquée pendant une grande partie de l'histoire, ce qui crée un effet de surprise chez le lecteur lorsque celle-ci est enfin dévoilée. Par ailleurs, comme dans ses œuvres précédentes, l'écrivain adopte un style neutre, dans le but, ici, de laisser toute la place à l'histoire qu'il raconte et de ne pas distraire son lectorat par une écriture esthétiquement trop soignée.

LA CHUTE

Lorsqu'il écrit *La Chute*, Albert Camus est arrivé à un tournant de sa vie. Il a passé le cap de la quarantaine, s'est brouillé avec son ami Jean-Paul Sartre et a surtout vécu très difficilement les troubles de la guerre d'Algérie. S'étant exprimé en faveur d'une Algérie française plus juste envers les musulmans, il est critiqué tant par les Français et les Pieds-Noirs que par les Algériens de souche. C'est donc un homme blessé et désabusé qui rédige cette œuvre, sans aucun doute la plus pessimiste de son corpus. Elle est publiée en 1956.

Jean-Baptiste Clamence est juge-pénitent à Amsterdam. Il raconte qu'autrefois, il était un brillant avocat parisien doublé d'un don Juan, et qu'il était très satisfait de lui et de son existence. Mais un jour, après avoir entendu un rire derrière lui, il s'est rappelé avoir assisté, par le passé, au suicide d'une jeune fille et n'être pas intervenu. Prenant alors conscience de sa culpabilité, il a décidé d'abandonner la vie qu'il menait et, après s'être installé à Amsterdam, s'est converti en juge-pénitent. Désormais, il avoue ses péchés aux gens qu'il rencontre, pour leur faire prendre conscience de leurs propres fautes. Il apparaît ainsi comme le miroir de l'humanité tout entière.

La Chute établit, un peu à la manière du *Procès* (1925) de Franz Kafka, roman qui a sans doute influencé Camus, la culpabilité fondamentale du genre humain. Les hommes y sont présentés comme des êtres pleins de vices, sans cesse prêts à juger leurs semblables afin de se sentir eux-mêmes meilleurs.

L'originalité de cette œuvre réside essentiellement dans sa narration, sous forme de soliloque. Le lecteur suit une espèce de dialogue-monologue entre le héros, Jean-Baptiste Clamence, et un interlocuteur qui ne prend jamais la parole. Par ailleurs, l'écriture de Camus se fait ici lyrique dans ses descriptions du paysage hollandais qui accumulent les adjectifs. L'écrivain contribue de la sorte à façonner le caractère de son héros, un personnage distingué et plein d'éloquence, auquel le décor amstellodamois sied parfaitement. Non seulement son froid glacial, sa pluie désagréable et son constant brouillard constituent une atmosphère idéale pour un homme qui cherche à se punir, mais de plus, avec ses canaux et ses cercles, la ville néerlandaise ressemble étrangement à l'enfer décrit par Dante Alighieri (1265-1321) dans sa *Divine comédie* (1307-1321).

ALBERT CAMUS, UNE SOURCE D'INSPIRATION

Si Albert Camus est l'héritier de Dostoïevski et de Kafka, qu'il admire énormément, et subit également l'influence d'auteurs de son temps tels que Sartre, lui-même laisse une trace indélébile dans la littérature française et mondiale. Nombreux, en effet, sont les écrivains qui marchent à sa suite.

Les auteurs du théâtre de l'absurde, notamment, se basent sur sa philosophie. Ce nouveau type de théâtre, né en réaction aux atrocités de la Seconde Guerre mondiale, rejette la cohérence du théâtre occidental traditionnel et la construction psychologique des personnages. Ses représentants s'inspirent, pour la pratique, de Bertolt Brecht (1898-1956) et de son intérêt pour l'introduction de questions sociopolitiques dans des discours métaphysiques, ainsi que d'Antonin Artaud (1896-1948) et de sa conception du théâtre total. Cependant, sur le plan théorique, ils se réfèrent directement au non-sens de l'existence développé par Sartre et Camus. Les auteurs les plus célèbres de ce mouvement sont Samuel Beckett (1906-1989) avec *En attendant Godot* (1949), Arthur Adamov (1908-1970) avec *La Parodie* (1949), Eugène Ionesco (1909-1994) avec *La Cantatrice chauve* (1950) et Jean Genet (1910-1986) avec *Les Bonnes* (1947). Leurs pièces abordent toutes l'absurde grâce à des dialogues incohérents, une temporalité éclatée, des personnages inconsistants et une absence d'intrigue.

En dehors du théâtre de l'absurde, Camus a aussi influencé l'œuvre et la pensée individuelle de différents écrivains et philosophes. Ainsi, le dramaturge américain Arthur Miller (1915-2005) écrit une sorte d'écho à *La Chute* dans *Après la chute*, une pièce de théâtre qui pose également le problème de la responsabilité de l'homme face à ses semblables. À partir de l'histoire d'un couple particulier, Miller propose une réflexion sur l'humanité entière qui n'est pas sans rappeler le roman de Camus. En outre, l'héroïne de la pièce de Miller explique avoir tenté de se suicider et avoir été arrêtée dans son acte par un soldat unijambiste. Cette anecdote apparaît comme un miroir inversé du texte de Camus, dans lequel Clamence assiste au suicide d'une jeune femme sans réagir.

Albert Camus a également marqué l'écrivain français J.M.G. Le Clézio (né en 1940), lui aussi lauréat du prix Nobel de littérature (en 2008). Son premier roman, *Le Procès-verbal* (1963), est très proche de *L'Étranger*, tant du point de vue du contenu que du style. L'ouvrage raconte l'histoire d'un homme marginal qui cherche à profiter des bonheurs simples de la vie et termine interné dans un asile de fous.

Enfin, du côté de la philosophie, la pensée de Camus a notamment eu un impact sur les Français Bernard-Henri Lévy (né en 1948) et Michel Onfray (né en 1959). Le premier a hérité de Camus sa vision du non-sens de l'existence, son désespoir face à la violence indissociable des conflits humains et son rejet des totalitarismes. Il cherche lui aussi à lutter contre les absurdités inhérentes à l'humanité, par une attitude de révolte et de résistance humaniste. Quant au second, il opte, comme Camus, pour la conception d'un monde sans Dieu et préconise dès lors la jouissance des plaisirs sensoriels simples pendant la vie, qui est le seul bien dont l'homme dispose.

EN RÉSUMÉ

- Albert Camus a grandi dans la misère à Alger. Sa mère était à moitié sourde et analphabète tandis que son père est mort pendant la Première Guerre mondiale alors que le futur écrivain n'avait pas un an. L'auteur revendiquera toujours ses origines humbles et restera toujours très attaché à l'Algérie.

- Bien qu'il ait été proche des existentialistes, particulièrement de Jean-Paul Sartre, Albert Camus a développé une philosophie quelque peu différente de la leur, celle de l'absurde. Elle se base sur la prise de conscience du non-sens de la vie dans lequel elle suggère de rechercher le bonheur, sans violer les valeurs humanistes.

- Camus a obtenu le prix Nobel de littérature en 1957 pour l'ensemble de son œuvre. Il a écrit aussi bien des essais que des pièces de théâtre, des nouvelles et des romans. Ses ouvrages les plus célèbres sont les romans *L'Étranger*, *La Peste* et *La Chute*, ainsi que l'essai *Le Mythe de Sisyphe*.

- Ayant vécu une période particulièrement sombre de l'histoire de l'humanité, marquée par les deux guerres mondiales, Albert Camus a toujours pris position contre la violence et pour le respect des droits humains. Il a dénoncé tant les fascismes que les dérives du communisme ou encore l'utilisation de la bombe atomique.

- Camus est considéré comme l'un des plus grands écrivains français du XXᵉ siècle et a laissé une trace indélébile dans la littérature. Nombreux sont en effet les auteurs qui marchent à sa suite, notamment les représentants du théâtre de l'absurde, Beckett, Adamov, Ionesco et Genet, le dramaturge américain Miller ou encore Le Clézio.

POUR ALLER PLUS LOIN

SOURCES BIBLIOGRAPHIQUES

* « Albert Camus version Michel Onfray », in *Salon littéraire*, consulté le 10/04/2015.
http://salon-litteraire.com/fr/albert-camus/review/1800255-albert-camus-version-michel-onfray
* « BHL camusien », in *Bernard Henri Levy*, consulté le 10/04/2015.
http://www.bernard-henri-levy.com/bhl-camusien-30454.html
* CAMUS (Albert), *La Chute*, Paris, Gallimard, 1971.
* CAMUS (Albert), *La Peste*, Paris, Gallimard, 1972.
* CAMUS (Albert), *L'Envers et l'Endroit*, Paris, Gallimard, 2013.
* CAMUS (Albert), *L'Étranger*, Paris, Gallimard, 1971.
* CAMUS (Albert), *Le Mythe de Sisyphe*, Paris, Gallimard, 1990.
* CAMUS (Catherine), *Albert Camus. Solitaire et solidaire*, Neuilly-sur-Seine, Michel Lafon, 2013.
* CHABOT (Jacques), *Albert Camus. « La pensée de midi »*, Saint-Rémy-de-Provence, Édisud, 2005.
* COSTES (Alain), *Albert Camus ou la parole manquante*, Paris, Payot, 1973.
* DANIEL (Jean), *Avec Camus. Comment résister à l'air du temps*, Paris, Gallimard, 2006.
* FOREST (Philippe), *Étude de* L'Étranger, Paris, Marabout, 1995.
* FREDERICKS (Pierce G.), *L'Histoire vécue de la guerre 14-18*, Paris, Marabout, 1964.
* GAILLARD (Pol), La Peste. *Camus*, Paris, Hatier, 1972.
* HERENG (Jacques) et DE VEENE (Carlos), *Le XXe siècle*, Bruxelles, éditions Artis-Historia, 1999.
* LAGARDE (André) et MICHARD (Laurent), *Le XXe siècle*, Paris, Bordas, 1973.

- LEBESQUE (Morvan), *Albert Camus par lui-même*, Paris, Seuil, 1977.
- LE CLÉZIO (J.M.G.), *Le Procès-verbal*, Paris, Gallimard, 1973.
- LEGROS (Georges), *Grands Courants de la littérature française*, Averbode, Altiora-Averbode, 2007.
- « Le théâtre de l'absurde », in *Jalons. Version découverte*, consulté le 10/04/2015. http://fresques.ina.fr/jalons/fiche-media/InaEdu01330/le-theatre-de-l-absurde
- ONFRAY (Michel), *L'Ordre libertaire. La vie philosophique d'Albert Camus*, Paris, Éditions 84, 2013.
- REY (Pierre-Louis), La Chute. *Camus*, Paris, Hatier, 1970.
- SAUVAGE (Pierre), L'Étranger. *Albert Camus*, Paris, Nathan, 1990.

50MINUTES

Art & Littérature

Business & Economics

Histoire & Société

SOYEZ LÀ
OÙ ON NE VOUS ATTEND PAS !

www.50minutes.com

© 50MINUTES, 2015. Tous droits réservés. Pas de reproduction sans autorisation préalable.
50MINUTES est une marque déposée.

www.50minutes.com

Éditeur responsable : Lemaitre Publishing
Rue Lemaitre 6 | BE-5000 Namur
info@lemaitre-editions.com

ISBN ebook : 978-2-8062-6294-3
ISBN papier : 978-2-8062-6295-0
Dépôt légal : D/2015/12603/78
Photo de couverture : © *Albert Camus gagnant le prix Nobel* (1957), United Press International.

Conception numérique : Primento,
le partenaire numérique des éditeurs